SV

Christian Lehnert
Aufkommender Atem

Gedichte

Suhrkamp

Druck: Druckhaus Nomos, Sinzheim
Printed in Germany
Erste Auflage 2011
ISBN 978-3-518-42273-1

1 2 3 4 5 6 – 16 15 14 13 12 11

Aufkommender Atem

I

Jahrein

Vorfrühling

Die Amsel zögert noch in einer Welt,
die innen stumm ist, außen kaum zu fühlen,
im Schnee. Als hätte sie sich vorgestellt,
zum Fliegen sei ein Ton herabzukühlen,

der Wind sei ein bestimmtes Intervall,
so klar wie Eis. Im Schwarm allein, das eine
gefiederte Erwachen, Widerhall –
wie Schatten gleiten Vögel über Steine

in gläsernes Gezweig, in hartes Moos.
Noch scheint die Sonne aus der Luft gegriffen,
noch wirkt die Scheune völlig schwerelos,
fossiler Zahn von Zeit und Traum verschliffen.

Ich hab geschlafen, ich war wach,
ein langes Flügelschlagen.
Man hat gesucht nach mir, ganz schwach
beginnt es blau zu tagen.

Der Tag ist eine hohe Wand.
Ich bin nicht dort, nicht hier.
Mich nahm der Nordwind bei der Hand,
und keiner weiß von mir.

In mich hinein sieht eine klare Nacht.
Ich bin ihr Wort und fange eben an,
es zu verstehen, und sie wartet, wacht
bei meinem Herzen, daß ich ruhen kann.

Vögel, diese Vögel, ohne Halten,
blau und grau, wie sie verfliegen!

Wie sie nahen, maßlos, wie Gestalten
von Welten, die im Dunkeln liegen!

Jählings, mit der Seele irgendwo,
ein warmer Flügel, eine Kralle –

ich wart auf nichts, weiß nichts zu sagen, roh
liegt alles Land, in das ich täglich falle.

II

Aufkommender Atem

Und was ich glaube, ist ganz unverstanden,
das Sterben zweier Störche im November,
die nie die Kraft für ihren Heimflug fanden,

nie den Instinkt. Ich habe ein Geländer,
das ich mir selber halte, es ist fest.
Ich folge Spuren, die sich schnell verlaufen,

auf einem Pfahl am Weg ein leeres Nest,
das liegen bleibt, und warme Federhaufen.

30. November 2008, Wittenberg

Dort liegen meine Hände auf der Bank.
Sie bitten etwas, wovon ich nichts weiß.
Es werden Schwäne sein. Ein Schweigen sank
ins dürre Schilf, durchbrach das Dickicht, Eis.

Was dort gewesen ist, ich hab's verloren.
Ein Kind, das an mich glaubte? Eine Nacht,

die sternenklar erstrahlte, »oh wie lacht«?
Ich gleite durch ein Leben, ungeboren.

25. Dezember 2008

Du sprichst noch, Wasser, sprichst noch immer weiter,
und mit dem Strom lauschst du ins Weite, sprichst
mit dem Gesträuch, und immer noch verzweigter,
an langen Deichen, die du sickernd brichst

wie Schweigen, Häuserreihen. Dort der Mond,
er nennt dich »Spiegel«, doch er schaut ins Leere.
Noch ist mir, was du bittest, ungewohnt,
und hab doch Durst auf meiner stillen Fähre.

27. Dezember 2008, Elbe bei Wittenberg

So unbefestigt sind die vielen Zeichen.
Ein Geldschein zählt Verluste auf und geht
in andre Länder. Meine Wörter reichen
für keinen Abend mehr und kein Gebet.

»Noch« ist die Hast da, Erblast, ungebrochen.
»Noch« hängt Metall als Schriftzug aus zur Wehr.
»Noch« ragen Pläne in den Wind und Wochen.
»Noch« ziehen Menschen zahllos übers Meer.

30. Dezember 2008, Wittenberg

Zuletzt im Frost, da sind die Blätter klar
wie Glas und lassen alles stumm geschehen.
Am Zaun die Kürbisranken hängen bar
der Zeit, sie knicken ins Geäst der Schlehen.

Einanderfort, wir sprechen von Geduld.
Das Blühen ist ein Wort auf kalten Zungen.
Komm, wir bedecken uns mit Laub, mit Schuld,
mit Gier, die freispricht, winterhart umschlungen.

31. Dezember 2008

Hier bei den Kerzen denk ich diesen Stillstand
der Dinge, des Geflüsters tief in mir,
ein langes Echo, wie an einer Rückwand
des Hoffnungssoges, der mich trennt vom Tier.

Ich bin nicht hier, um Wahrheit einzusehen,
nicht um ein Leben abzusprechen, Licht
dringt nur in meine Augen, zu verstehen,
ist nicht gegeben, und es ist doch Licht.

6. Januar 2009

Wie ein Papier im Licht, das ohne Zeichen
auf meinem Schreibtisch liegt, wie eine Wand
von Nebel über Schnee, und nur zwei Eichen
erinnern mich an Wald und flaches Land,

so folge ich dem Rauschen, bin allein,
Sekunden ohne Richtung, ohne Schwere,

auf einer Wehe, die sich löst, und eins
sind Wind und was ich morgen hoffen werde.

11. Januar 2009, Dübener Heide

Die losen Fäden, die sich um mich legen,
wie Spinnenhaar, die vielen klaren Sätze,
die Zähne auf dem Berg und in Gelegen
die Zeit, die ich im Sturzgefälle schätze,

bezeugen all das Ungesagte, Fremde,
durch das ich ziehe, lalle, ohne Stand,
an blanken Rohren wärm ich mir die Hände
und male Gott an jede leere Wand.

12. Januar 2009, Wittenberg

Umgefallen, auf der Seite kriechend,
kann ich nicht ruhen, unter mir der Himmel
ist schwarz, ich kann die Erde nicht mehr riechen,
der Schmerz ist Körper und ein Fels, verstümmelt.

Ich schwinge wie an einem Strick und lasse
mich fahren, pfeife, ein Geschoß im Wind.
Es ist des Gottes Tun, das ich nicht fasse
und das mich birgt, das um mein Leben ringt.

18. Januar 2009

Das Blasse mein ich, das im Licht verschwindet,
in Wachschlaf fällt, und eingehüllt, vergessen
am Grund liegt, wartet, weil ein Fisch sich windet,
weil Krebse wachsen und sich stumm zerfressen,

weil langsam eine warme Sandform bricht,
das Wartende aus Tod und Leben, weich
und sprachlos, wie es von dem Anfang spricht
und daß ein Atemzug für immer reicht.

19. Januar 2009

Als schliefen Steine aus von ihrem Lauschen
nach unten, in das Echo eines Bebens,
es fallen, fallen Reiche all, ein Rauschen
erfüllt den Tunnel, wo die Lichter schweben.

Mein Gott, so fall ich hier in dieses Zittern
der Gleise, und du trägst mich, formst mich fort
von mir und dir, in steter Zugluft wittern
die Tiere Raum, das ungesagte Wort.

24. Januar 2009

Die Bäume stehen dicht und ausgehungert.
Die Älteren der Felsen warten noch
im Schnee, ein Flöz ragt grau ins Einsturzloch.
Der Wind verjagt den Hund, wo er auch lungert.

Zehn eingefrorne Sätze, was ich soll,
bewegen sich wie künstliche Gelenke.
Wo ich entkam, wohin ich Blicke lenke,
ersetzen Stämme täuschend meinen Fall.

5. Februar 2009, Horní Blatná / Erzgebirge

Die Birken warten noch, bereiten sich
auf ihre Wildnis vor, wenn ich verstumme.

Das Licht, das weite Hänge überstrich,
ist klar und blendet meine Augen. Summend
versuch ich mich zu hören. Das Gezweig,

von Eislast wie verglast, obwohl das Tauen
schon meine Lider trifft, hat sich geneigt
nach Osten: Sieh nur, dieses Schauen!

8. Februar 2009, Horní Blatná / Erzgebirge

Zu ungewisser, zu der neunten Stunde
war eine Finsternis, und tiefer Schlaf
drang in die Balken, die kein Puls mehr traf,
wie Rinde trocknete die Seitenwunde.

Da war der Tod geboren, mit ihm kehrten
wir heim in einen Augenblick, er nahm
uns mit zum Anfang, und die Stille kam
wie Dämmern, sprachlos wartete die Erde.

25. Februar 2009

Ich folge Lichtern, tröstliches Abteil,
mit meinen Blicken über flache Hügel.
Vermutlich Zeichen: kahle Eschen, Flügel
von Schwänen, hingeduckt im Schnee. Es heilen

die Stunden all, die Stunden und die Schienen
von A nach B und die Verlassenheit.
Ich bin geduldig, warte nicht, die Zeit
kann keiner Ankunft als Begründung dienen.

27. Februar 2009

Die stete Stimme, die die Tage zählt,
die neue Namen lernt und sie gebraucht,
wie Rauch, Erinnerungen eingepfählt,
und untreu ist, ein winterlicher Hauch,

spricht immer schneller: Was war ein Gebet?
Wer kam vorbei und hörte nur ein Hallen?

Was ist es, was sich in den Zweigen regt,
wenn letzte Blätter aus dem Vorjahr fallen?

1. März 2009, Wittenberg

»Ich lebe, doch nicht ich«, es geht ein Atem
in mir, den ich nicht kenne. Was ihn treibt,
ich weiß es nicht. Ein Flügelpaar verbleibt
als stumme Zeugen in den Wintersaaten.

Die Abendschatten wachsen. Ich kann mir
nicht sagen, wer ich sei und täglich würde,
mich hier zu halten, ist die ganze Bürde
und Gültigkeit, die Atemnot und Gier.

4. März 2009, Wittenberg

Wer mochte fortfahrn, wer das abgebrannte
Gemäuer queren und die Zeitungsfetzen
von Dielen lösen und zusammensetzen?
So daß ein Schriftlauf das, was war, benannte?

Ich danke all den Steinen und der Asche,
daß sie sich wehrten gegen meine Hände.
Sie folgten mir und bauten um mich Wände,
wo ich nun stehe und die Teller wasche.

7. März 2009

Was alles noch vergaß ich? Daß die Krähen
von mir benannt sind? Wie die Brücken, Kräne?
Den Grasgeruch im Sommer nach dem Mähen?
Den Elbedunst? Den Sterbeort der Schwäne?

Daß ich erinnert werde? Und vermißt?
Ich höre wie ein Urteil meinen Namen.
Wer hockte früh am Fluß? Ein Fremder hißt
zwei weiße Fahnen, und die Schwäne nahen.

8. März 2009, Dresden

Verwoben, seltsam ineinander, Hauch
und Schatten, die beim Graben länger werden,
ein Arm an einer Stange, nasser Erde
Gierschbefall um einen alten Strauch.

Ich zögre. Ob die Stare wiederkommen?
Das Atmen ist Vertrauen ohne Sicht.
In Furchen Reif, dort hör ich auf. Verschwommen
erahn ich Beete, Bodensatz des Lichts.

11. März 2009

Relief in einer Bruchsteinwand, ein Kiefer,
der offne Schädel mit der Mütze lügt:

Wer ist zu Haus? Die Treppen führen tiefer.
Verhaucht, das Auge, böse Herberg, trügt.

Ein Kellerloch, die aufgequollnen Stangen,
Kartoffelfäule, denkt jemand zu hungern?

Hier war ich Kind und bin nie fortgegangen,
hab mich versteckt, dort, wo die Träume lungern.

15. März 2009

Und Heimat? Laß die Kabelrollen liegen!
Zu fremd sind alle, alle Himmel droben.
Die Felder, Hänge sind weit weg verschoben
ins Dunkel, wo die Felsen schwerer wiegen.

Wo ist mein rechtes Haus? Wo es zerfällt.
Wo ist mein Ziel? Wo Täler sich verlieren.
Wo kann ich beten? Wo es Gott gefällt,
daß er nicht Gott ist, flieht auf allen Vieren.

18. März 2009, Müglitztal / Osterzgebirge

Das Erdreich, unverändert seit November,
die nackten Rippen, aufgepflügt, am Grund

noch Frost (verkriecht sich mittags, fühlt als Fremder
sich in der Fremde heimisch wie ein Hund).

Ich gehe schnell, ich folge einer Spur,
die nur gedacht ist, noch ist nichts verfestigt.

Ich stehe abends lange auf dem Flur
und halte in den Händen grüne Äste.

22. März 2009, Wittenberg

Was ist verflogen? Ich erkenn nichts wieder.
Ein Wolkenloch? Ein Wachsgebilde, Flieder

steht ohne Knospen? Bin ich aufgewacht
bei Tag aus einer atemlosen Nacht?

Ich weiß von nichts, und alles ist verändert.
Die Uniformen sind nur noch Gewänder.

Da ist kein Weg, und ich soll auf ihm gehen.
Ich laufe blind und werde doch gesehen.

27. März 2009

Die Füchse liefen lange in die Stadt,
sie ließen Zähne und sie ließen Haar.
Die kurze Stund, der trockne Schlund ward satt,
wo nichts zu fressen, nur noch Hunger war.

Der Morgen fiel auf Asphalt und auf Glas.
Sie spürten schon die Sonne, sahen Wellen
durch Steine gehen wie durch hohes Gras
und fingen an zu hecheln und zu bellen.

9. April 2009, Wittenberg

Du bist mein Schlaf und meine späte Stunde,
du bist die Gier, von der ich nie gesunde,
ich atme dich und atme, wenn du fehlst,
den Brandgeruch, die Leere, wo du schwelst.

Du bist die Glashaut, die gefüllt mit Staub
von Zeit spricht – feine Blutung, ungenau.
Du bist, was ich vergaß, bist mir verborgen –
nachdem ich nicht mehr bin, der frühe Morgen.

12. April 2009

Ganz plötzlich Schnee, ein Marmorepigraph,
ein Namenszug, so dringt er in den Schlaf:

Wer hat die hohe Wand hier aufgerichtet?
Wer hat die Blätter in das Bild geschichtet?

Wer hat den Baum von gestern gehen lassen
wie einen Schatten über die Terrasse?

Die Larven ruhen noch und werden schwer,
noch ist der blütenweiße Raum ganz leer.

13. April 2009

Jetzt sei es an der Zeit, was vor mir liegt,
in eine Ankunft, Brachland, zu verwandeln?

Ich bräuchte Ziele, hallt es. Wellen branden
weiß gegen Wellen, wohin soll ich reichen?

In Strömung, die sich selbst in Strudeln flieht?
Ich treibe schneller, meine Träume weichen

der Endlosschleife Hoffnung, grauem Haar.
Was ich verbrauchte, Kindheit, war sie wahr?

16. April 2009

Sie schläft, ihr Köpfchen hat noch keine Dauer,
ist weich und offen, zuckt, das Pulsen trägt
nur bis zum Bettrand, Schaum ins Schilf geweht,
von Osten kommt ein warmer Regenschauer,

läßt Spieglungen im See erzittern. Morgen?
Bedeutet nichts, berührt nicht dieses Kind,
denn noch ist selbst sein Atem unbestimmt,
und was es weiß, hat noch kein Wort geborgen.

18. April 2009

Woraus erfährt man denn die Herkunft? Schrift
war früher, heute sind die Koffer dran.

Ein Hemd, ein Christusbild ... die Strahlung trifft
auf wenig Widerstand, ein Nebelstreif,

schneeweiß geheilter Kopf, wer immer kann,
schläft ein. Die Koffer rücken weiter.

Das Band wird in der Ferne immer breiter:
Dort sei ich nur noch der, von dem ich weiß.

1. Mai 2009

Die Höfe dunkeln mit den Atemzügen
der Hunde, mit der Gier der Schnecken.
Kein Schritt erkennt mich an, und ich muß lügen
von einem Wellblechzaun und dichten Hecken.

Es gibt nicht viel zu tun, nur eine Türe
zu öffnen und die Nachtluft einzulassen,
dann, vorsichtig, Geborgenheit zu spüren
und einen Weg, da draußen, zwischen Trassen.

8. Mai 2009, Wittenberg

Den Tag durchziehen unbekannte Fährten,
die ich verstehen will, die Pappelreihen
am Abhang zum Kanal, im Dunst die Dächer
am andern Ufer, Stege, die bewährten,

ergrauten Liegestühle, dort die Raben,
sie wissen, was sie suchen, wie ein Fächer
die Wolkenwand. Ich will den Regen haben,
das Wasser und den Sinn und das Verzeihen.

17. Mai 2009, Havel

Die Katzen haschen nach dem Ahornblatt,
das auf der Wiese treibt vor dem Gewitter.
Ich aß fast nichts am Abend und bin satt
die ganze Nacht, am Morgen schmecken bitter

die Zungenwurzel und das Augenlicht.
Ich weiß nicht, was ich heute beten soll –
in Bitten fassen, was an Sinn gebricht?
Ich lese, lese mir den Rachen voll.

18. Mai 2009

Der Tag ist still und wartet auf dein Kommen.
Dort liegt ein Faltboot in der Bucht am Strand,
ein Paddel in der Strömung, Schaum im Sand.
Du bist sehr nah, und somit ganz verschwommen.

Ein kurzer Stoß: Wer weiß, wohin es treibt?
»Schau nicht zurück, wenn du die Blüten streust,
wenn du die Asche wirfst, wenn du dich freust,
daß jemand langsam deinen Namen schreibt.«

21. Mai 2009, Elbe bei Wittenberg

Die Fledermäuse überm Wald durchstoßen
im Dämmern ungeduldig ihre Zeit.
Erwartungsvoll sind Wolken aufgezogen,
sie achten auf die Bäume und die Hügel,

sie legen, Schwangere, die grauen Flügel
um ihre Leiber, ruhen, träge Wogen,

dahinter wächst das Dunkel. Fruchtbarkeit
liegt aus wie Tau, wird aufgesaugt von Moosen.

27. Mai 2009

Die Wolken schieben sich heran wie Gletscher,
sie drücken mich ins Bett, die Malereien
an Höhlenwänden, tief im Schädel, pochen.

Der Sinn des Schmerzes? … Stürzendes Gelächter.
Im Namen eines anderen verzeihen?
Wie das? Die Sätze bleiben in mir hängen,

in einem Schacht, dort hab ich mich verkrochen,
daß Gott als Halt zu denken doch gelänge.

1. Juni 2009, Wittenberg

Doch, daß der Augenschein nicht stimmt, daß jeder
zerhackte Stamm, die Finger ohne Kuppen,
die Kinderaugen, die nichts mehr begreifen,
weil den Geschichten nicht zu trauen ist,

weil nichts zurückbleibt in den Sätzen, weder
das Haus, noch Schmerz, das Holz im dunklen Schuppen,

weil niemand weiß, wohin die Laute weisen,
in wessen Sinne, wo du, Vater, bist.

8. Juni 2009

Sie atmet leise, kleiner Kehlkopf zuckt.
Sie war so seltsam still, ich schaute nach.
Ein Anlaut, stockend, den sie schnell verschluckt,
und schweigt, weil sie noch ganz nach innen sprach

und nur für sich? Im Morgenlicht ein Schatten
auf nacktem Putz, ein Knie ragt aus der Decke –
ein Kind, für das wir keinen Namen hatten:
Ich will ganz still sein, daß ich sie nicht wecke.

25. Juni 2009

Wir warten, dämmern, sind fast taub: Der Wind
täuscht eine Stimme vor und, winselnd, Raum.
Er schlägt auf alles, was er trifft, und kaum
erwacht, weiß von uns niemand, wo wir sind.

Das Rauschen, Tag und Nacht, zerfleddert Palmen,
die Bäume klagen nicht, sie sind gebrochen.
Zerrieben werden Steine, Seelen, Knochen,
von Menschensprache zeugen nur noch Psalmen.

14. Juli 2009, Las Breñas / Lanzarote

Der schwarze Sand verrinnt. Die schwarzen Burgen
am Wasser, schwarze Steinchen auf der Haut:
Weißt du, wie lang es ist bis zum Erwachen?

In Becken wird das Wasser angestaut.
Es trocknet aus zu dicken Salzkristallen.

Sind dort die Toten? Wie im Licht verborgen,
sei Tag die Nacht, die schwarze Insel? Hallen
die Kinder nach? Ein helles, langes Lachen?

18. Juli 2009, Las Breñas / Lanzarote

Die Hirten hüten Schatten, hüten Spuren.
Sie ziehen heimwärts mit dem Wind vom Hang,
beharrlich weiter an dem Riß entlang,
wo Tiere grasten, flohen durch die Fluren,

wo nackter Fels lag nach der Wasserflut,
als ob Gestein vernarbte nach dem Regen.
Dort weist der Staub die unbenannten Wege,
als pulste in den Lämmern noch das Blut.

20. Juli 2009 Femés / Lanzarote

Ein schwarzer Strudel, dessen Maß noch fehlt,
folgte der menschenhohen Lavawelle,
die, vor Jahrhunderten erstarrt, die Stelle
beschreibt, wo sie, die Ziegen tötend, geht

und glüht und nichts behält als Hauch, als Schweigen –
ich weiß den Weg nicht, um es aufzuzeigen,

und hab nicht Zeit genug, nur das Gestein.
Es weiß, was mich berechtigt, hier zu sein.

22. Juli 2009 Mar de Lava / Lanzarote

Wenn auf Asphalt der Nieselregen dampft,
wenn weißer Dunst die Straßenflucht umhüllt,
wenn du mich küßt und mir die Zunge krampft,
weil nichts, dir nah zu sein, das Gieren, füllt,

wenn wir von einem Dach herunterschauen
in einen weiten Flügelschlag, die Flut –
was führt nach Haus, wem können wir vertrauen,
wenn mit der Kälte kommt die Ungeduld?

26. Juli 2009 Femés / Lanzarote

Nur wie ein Schaumkranz zwischen Möwenkrallen,
wie Schrift, gelöscht schon von der nächsten Welle
im Sand, seiest du vor mir die glatte Schwelle,
wo ich nichts fassen kann, ein Puls, und falle.

Es schillert auf dem Meer wie Flaum der Mond.
Die Möwen brüten auf der Möwen Grab.
Vor mir ins Dunkel ragt ein Eisenstab,
als sei da Halt, sei etwas, das mich schont.

29. Juli 2009, El Golfo / Lanzarote

Ein heißer Atem kommt von Süden, dringt
in meinen Körper, spannt die ganze Haut.
Ein Sirren schließt mich ein in seinen Laut,
der wie ein Hall aus vager Kindheit klingt:

Nun schlafe, schwebe fort und schlafe ein!
In einem Felsspalt liegt ein wunder Gott
und blutet, dämmert, dort läßt ihn kein Wort
wie das Wort »Gott« in sich verlassen sein.

1. August 2009, Las Breñas / Lanzarote

Das Flugzeug atmet über blauen Decken,
in die im Schlaf sich Menschen hüllen, Strecken

von Meereslänge überspringen: Schlaf
und schärfer die Bewegungen und Schlaf,

und niemand weiß, wovon er gestern sprach,
und welcher Rumpf an welchem Wort zerbrach,

und was die vielen Körper hier noch liegen,
schon ist der Tag gedacht, doch noch verschwiegen.

4. August 2009

Die Katze strauchelt, fällt? Ein langer Abend
beginnt wie eine Träne, wie ein Blatt
sich löst. Ist alles Folge und Verlauf?

Ich möchte immer diese Stille haben,
wo man den Laut noch nicht verstanden hat,
und lauscht und schaut ins Unbestimmte auf:

Noch läßt sich Luft von Glas nicht unterscheiden,
nicht Mensch von Traum, nicht Quarz von hohlen Weiden.

16. August 2009, Wittenberg

Nun ist es Zeit. Am Morgen das Gefühl,
daß es seit eben Herbst ist, leises Schwinden:

»Bin ich es, der ich bin?« Wer ließ mich leben?
Es geht ein Blinzeln über Birkenrinden,

die Wurzeln wachsen durch das Glasgewühl
ins Licht, ein Blitzen auf den Kühlerhauben.

Durch Schotter, Glanz und Gleise hinken Tauben.
Wer sprach vom Fallen, wer von einem Schweben?

25. August 2009

Woran soll ich mich halten in der Fülle
aus Möglichem und des Geschehenen?
Was ich auch immer glaube, ist die Hülle
um etwas Unhaltbares – nie gesehen

und doch schon als Erinnerung erkannt?
Wie Feuer Seide frißt, wie eine Hand
ins Leere greift im Schlaf, ist stets ein Rest,
der sich nicht mitteilt – ein Gebet, ein Fest?

7. September 2009

Es folgen Krähen meinen schnellen Tagen,
sie sehen mir geduldig nach. – Sei still!
Beweg dich nicht! – Aus Bildschirmzeilen ragen
die Krallen silbrig auf, und was ich will,

liegt mir ganz fern? Was leuchtet in den Gräsern?
Ich sei, was ich zu sein noch nie vermochte?
Ein Schwarm steigt auf und naht mir, gläsern
sind diese Schnäbel, die ans Fenster pochen.

30. September 2009, Wittenberg

Die Bänke bilden einen Korridor
in dem Gewölbe, blutdurchwachsen, laut:
Das ist noch kein Gewaltakt, erst ein Chor,
der sich aus Menschen einen Altar baut.

Erhebet eure Herzen! Alles drängt
zu hören, zu vergessen, will mit allen
Erbarmen, wenn die eignen Echos hallen.
Daß er mir fehlt, ist, wie mich Gott bedrängt.

2. Oktober 2009

Aus Wellen Sand, aus schwarzem Sand im Dunkel,
aus Sand und, Klammer auf, in schwarzem Licht
und, Klammer auf, am Grund, der feine Sand
hat keine Bleibe, und er hat kein Land,
hält keine Spuren und kennt keine Gischt
und wandert Meere weiter in das Dunkel,
das ihn, sein Licht, nicht faßt und nicht ergreift,
im schwarzen Sand ist Wort aus Wort gereift.

6. Oktober 2009

Jetzt, angesichts des Eisens auf der Hand,
Vergessene, erzählt mir von den Gängen
ins Licht, das nie verlischt, von eurem Schweigen,

von euren Echos und den Überhängen,
die steil ins Tal abfallen, Spuren bleiben
so wenig wie die Namen auf dem Grab,

sprecht weiter, sprecht das grenzenlose Land,
sprecht vom Erinnern, das es einmal gab.

16. Oktober 2009

Mich schlägt in diese Zeit ein kurzer Ton
und wölbt die Lippen auf wie eine Narbe.

Ich atme auf, weil ich an Gründen darbe.
Ich bin erfunden, stehe still, der Sohn

von einem Käfer und einer Libelle,
ein Brandfleck in den Büchern, nachts ein Schein,

Gebell. Ich rühre mich nicht von der Stelle
und folge dir wie dem Gewicht der Stein.

21. Oktober 2009

Gott sei in mir? Ein reines, leeres Feld,
das nichts behält? Das alles durchläßt? Spuren
der Sturmnacht, Äste? Eine der Figuren
liegt angespült in ihrer fremden Welt?

Die Pfähle und die Masten, ferne Striche,
und immer ferner, wo nur ende ich?
Ich weiß nicht, wer das Schweigen jetzt noch bricht.
Ich wiederhole sorgsam nur die Striche.

25. Oktober 2009, Elbauen bei Wittenberg

Du bist die Aussicht und du bist das Auge,
das über Auenland und Sümpfe streift,
ein Weg, der nicht zu gehen ist: Der Taube
hört nicht den Wind und folgt den Gräsern, greift

in Wurzelbüschel, und er fühlt sich reich.
Du bist der andere und bist derselbe.
Du bist das grüne Blatt und bist das gelbe.
Du bist, der bleibt, und der, der immer weicht.

2. November 2009

Die Walnuß lag auf einem Balken Holz,
als wüßte sie von einem Baum in sich
und ruhte aus, nur kurz in diesem Licht,
und daß sie sterben würde, sei ihr Stolz

und ihre Schwere, fände sie die Erde.
Das, was ich glaubte, war nur die Gebärde,

mit der sie fiele und nichts mehr verstand.
Ich wehre mich in einer fremden Hand.

6. November 2009, Wittenberg

Ich sammle Spuren, über weite Strecken
ganz im Alleingang, Rohzustand in Resten:
Mal sind es schwarze Eier, groß wie Zecken,
mal grüne Punkte, die den Teich verpesten,

sind zwei Pupillen, mal ein Namenszug,
die Bretter eines Wehrs, ein halber Pflug,

mal wiederhole ich denselben Gang,
weil da nichts fehlte und kein Fund gelang.

18. November 2009

Der Nußbaum, draußen, ist erinnert, Nebel
steigt nachts vors Fenster mit dem Neonstrahler,
wo tief mein Zimmer wiederkehrt, der Nebel
ist sein Gedächtnis und sein stiller Maler.

Ich seh etwas, das keinen Sinn ergibt,
ein Blätterschlagen, losgelöste Rinde,
und wenn ich bete, sag ich: Es erliegt
der eigne Tod dem Willen eines Kindes.

19. November 2009, Wittenberg

Die Stare fliegen nicht mehr in den Süden.
Sie bleiben winters in den Bäumen hocken
wie Kinder ohne Namen, sie ermüden
an ihren Träumen, die wie schwere Flocken

zu Boden sinken, tauen und verschwinden.
Sie haben kaum mehr Opfer zu verwinden.
Sie sind so still, daß sie die Sterne hören,
mich wie ein Herzgeräusch des Nachts verstören.

25. November 2009

Du bist der Wald, der Tiefdruckhimmel, tropfst
die Stunden, Blatt um Blatt, ins Land, du klopfst

ans Fenster: Wer ist dort? Nur du. Nur du.
Die Augen klappen mir wie Fallen zu.

Du bist das Echo, wie die Fledermäuse
die Nacht durchdringen, mich birgt dein Gehäuse.

Du bist, was ist und nicht ist, bist ein Gift
und Gegengift, ein Schuttloch oder Schrift.

29. November 2009

Es ist jetzt alles weit und zittert, Mund
an Mund, und Stamm an Stamm, schon Schneegestöber,
ein langes Dämmern, Schatten werden gröber,
bis Vögel steigen aus dem Eschengrund.

Das Schweigen können Einzelne nicht brechen.
Wir sind erwartet. Wie ein leerer Rahmen
beginnt am Hang der Wald, hat keinen Namen:
Daß nichts bestimmt ist, das ist sein Versprechen.

18. Dezember 2009

Was hieß am Abend Angekommensein?
Die Hütte war ein ausgehöhlter Stein,
Basaltskulptur, sie hatte keine Frage.

Vom langen Gang war nur der Schlaf zu sehen.
Der Säugling war gefesselt. Zu verstehen
blieb nur das Datum und die Flucht der Tage

bis in den Atemstillstand, Golgatha.
Der Heimweg war von Anfang an so nah.

24. Dezember 2009

Geburt des Dunkels, wie ein Mottenkind,
Geflatter um den Docht, der kaum noch glimmte:
Ich schlief, niemand der schlief, von allem stimmte
nur noch die Zeitform, daß vergangen sind

die Mottenaugen und die laue Nacht.
Jetzt hab ich nur noch das, was ich gedacht,

den Morgenwind. Ich wippe wie ein Kraut.
Mich hat der schwarze Himmel angeschaut.

25. Dezember 2009, Wittenberg

III

Trost (Moments musicaux)

I

Schaum und Glibber schwammen vor grauen
Schneeflözen.
Noch kaum unterschieden vom Schmelzwasser wuchsen

Inseln ineinander, gläserne Hügel. Wenn,
dann in der Verschwendung, im angeschwemmten Laub

des Vorjahrs, in braunem Farn und Moosschichten. Wenn,
dann zu Hunderten, Mandeln zucken im Innern

des Laichs, dann im Überfluß. Maßloses Schauen,
täuschend. Was ließ mich hier von Teilung und Kampf,
von

Strömungen, Tag, in dem der Tag verborgen ist
wie in einem Keim, sprechen? Von einem Anfang:

Wo war der Augenblick Wärme, bevor ich ihn
spürte? Das klare Rinnsal bleibt da und fließt fort.

2

Wenn ich am Abend liege, und die Ruhe dringt
in mich wie Nässe in eine Schotterhalde,

kriechende Nebelwand aus dem Tal, wenn der Tag
in einem Juckreiz in den Beinen endet und

der Arm aufragt, Wurzel einer Krüppelkiefer
(die Entfernung jenes Innenraumes, wo ich

widerhalle, zur Erde hat sich verändert,
ich blicke auf einen Steilhang, tief unter mir

der Wald), wenn ich schwer bin wie der Geröllkegel
einer lange zurückliegenden Lawine,

ahne ich, wie ich einen fremden Durst lösche,
der nur durch mich gelöscht werden kann, und bin still.

3

Das Meer ist ein Widerschein, der alles durchläßt.
Buhnenpunkte, Tang und die zitternden Flügel

zweier Möwen sind nicht geworden, nicht wirklich,
der Horizont bleibt unsichtbar. Keine weiße

Spur eines Düsenjets, kein Mast, die dich daran
erinnern, daß du in der Welt bist. Anwesend,

das Meer ruht in jeder Bewegung. Du, zwischen
den gleichförmigen Wellen, hörst ein einziges

Gebot: Schweig! Nichts verstehen und nichts beschreiben,
nichts fühlen! Alles ist vollbracht. Den nach Norden

blasser errötenden Bodden würde schon ein
Anlaut zerstören, und dir bliebe nur sein Bild.

4

Zwischen der nördlichen Fensterfront und dem Fisch
auf dem blau bewegten Ölbild an der Ostwand

füllt, was ich von mir fühle, den hohen Raum aus
wie verstrichene Zeit. Was wird? Welche Wörter

halten mich durch ihre Folge in der Schwebe?
Das Zimmer: Eine Sehnsucht, die ins Leere geht?

Weil das Licht mich nicht findet, die Bruchsteinmauern
lange vergangenen Berührungen ähneln,

die in Träumen wiederkehren? Tags, ausgespannt
zwischen Pinselstrichen und dem weißen Rahmen

der Tür, schwinge ich wie eine leere Saite –
Ton, in seinem Innern wird das Haus erfunden.

5

Ist es der Schrei eines Bussards, der verhungert,
heillos, im Kälteeinbruch? Ist es Todesfurcht

eines jungen Hähers, verwundet auf der Flucht?
Ich höre den Ton, blank und ohne Verstellung:

zitternde Luftsäule, die mich aufsaugt. Dieses
Erbeben teilt den Himmel: Letztes, Vorletztes …

Blindflug oder hochgerissen in eisige
Atmosphärenschichten, dann fallend, ohne zu

verstehen: Wo bin ich? Nein, da ist nichts sagbar,
nichts von einer Natur, der man glauben könnte,

nur im Wind das Echo unverstandener Angst,
die schrill verschweigt, was sie besänftigen könnte.

6

Durch Bruchgestein, auf Schotterhalden, Moränen
unterwegs, vereinzelt nur gefühlt, in Bergen,

Spiegelbildern, denen zu glauben kein Grund ist,
und weiter getrieben bis in diesen einen

Ton einer Cellosaite: »Ich habe keine
Hoffnung, aber hier bin ich. Hier wurzelt der Stamm

eines Lebens, das ich noch nicht kenne, vielleicht
nie kennen werde, weil ich vergangen sein muß,

bevor es beginnt.« Ein Ton, ohne Geschichte
und ohne Behausung (nichts, wohin ich mein Haupt

legen könnte, nicht einmal ein Grab), ganz er selbst:
Daß ich höre, sagt mir, daß ich nicht nur ich bin.

7

Als schneite es Mitte Mai, die dichten Zweige
des Apfelbaumes verdeckt eine Farbe, die

leer ist wie die Stille in einem Tonstudio.
Betörendes Leuchten, das alles Erinnern

aufnimmt in ein langes Echo, von dem ich weiß,
daß es rasch verklingen wird. Natürlich? Das Weiß

gleicht einer Stimme, ganz mit sich allein. Sie singt
von einem Blütenball und einem kalten Wind,

der gierig in die Zweige greift. Die Kronenblätter,
so strahlend von innen, als löste sich der Baum

in Licht, treiben zu Boden. Schneeblind, die Augen
lesen eine unmenschliche Offenbarung.

8

Dann fand ich den alten Wollpullover wieder:
Die Fraßlöcher sind weder zufällig verstreut

noch folgen sie einer Regel. Meine Sterne,
früher, sahen ihnen ähnlich, Bohrungen ins

Himmelsgewölbe. Diese nächtliche Strenge,
Druck, unter dem sie sich verformten und Namen

empfingen: Kassiopeia, Orionnebel.
Gebilde, die sich voneinander entfernen:

Ich begrub den Himmel unter Mottenflügeln.
Sprechend spüre ich, daß mein Kopf ein Kokon ist.

Er birgt eine Larve, die ihre Gestalt sucht:
Ihretwegen gibt es die Präposition Gott.

9

Granit, rötlich durchäderte Spur des Zerfalls
eines Kraterwalls, nun auf meinem Handballen:

Nichts wissen wir voneinander. Kennt er Geburt
und Tod? Falschheit? Vielleicht den uns verbindenden

Eindruck, von warmem Sonnenlicht bestrahlt zu sein?
Daß wir in derselben Welt gegenwärtig sind –

Vermutung, mehr nicht. Aber daß ich in seinem
klaren Quader nichts von Ungeduld wahrnehme,

daß er auftauchte, ein Überrest, doch für sich
unversehrt, erinnert mich daran, daß jeder

mit ihm spielen kann: Versteinertes Auge, das
mich anschaut, als sei ich tot und auferstanden.

10

Sparren, Balken, rauhes, zerfasertes Holz ragt
in den warmen Dachraum. Stäubchenzeichnung, das Licht

kehrt heim. Hängend in ihren Echos, erwachen
die Fledermäuse zur Jagd. Sind ihre Schreie

geordnete Zeit, ein Raum von Musik, den sie
um sich schaffen, um die Fliegen zu erkennen?

Doch was soll das sein, ein Insekt aus Widerhall?
Und was ein gehörter, stummer Menschenkörper?

Ich halte den Atem an: Wer da? Wen ergibt
das Ertasten mit Tönen? Ganz leise: Gesang?

Das, jetzt, bin ich, ein scharfes Geräusch, das mich sucht
und zurückkehrt in fremde Ohren, ins Dunkel.

II

Nur im Unterschied zur erschlossenen Welt hat
jene Flügel, und die Erdanziehungskraft, Wind,

schaukelndes Land geben mir eine Richtung vor,
die ich nicht straflos verlassen kann, oder ich

triebe allein ohne Deckung unter dem Blick
einer Drohne. Ungewiß ist mir die Kraft, die

meine Herkunft formt, ein altes Meer und Büsche.
Irgend, wenn ich erwache, wenn ich ausruhe,

wenn die Nacht sich winzig aus dem Ei pickt und wächst,
werde ich den Schwarm um mich fühlen, der so groß

und zufällig ist wie ein Tod oder Schilfgang,
jedes Frühjahr. Daß ich nicht bleiben kann, tröstet.

12

Tiefes A, im Bronzekerker nicht zu halten,
sucht einen Ausweg nach innen, trifft auf sich selbst

und zerfällt in immer mehr Töne, dissonant
auf der Flucht, dringt ins Ohr, das klirrend schwingt,
schmerzhaft

Resonanz gibt. Sieben Uhr morgens: Aus der fast
vergessenen Nacht, dem großen Anlaut, dem kaum

Verständliches folgt, heben sich Hügel, Wogen,
langsame Flut, und ein Weg steigt auf zum Dorfrand.

Höher, höher verliert sich der Schlag, läßt den Hof
unsicher zurück. Die Lindenwurzel schreitet

durch den Asphalt, und wie ein Ungeborenes
rollt sich der Farn am Schuppen zurück in den Schlaf.

Anmerkungen

S. 16 *»oh wie lacht«:* »Stille Nacht, heilige Nacht! / Gottes Sohn, oh wie lacht / Lieb aus deinem göttlichen Mund« (Joseph Mohr, 1838).

S. 18 *»Metall als Schriftzug«:* »Ein feste Burg ist unser Gott« – Schriftband um den Turm der Wittenberger Schloßkirche.

S. 28 *»Zu ungewisser, zu der neunten Stunde«:* Matthäusevangelium 27,45.

S. 31 *»Ich lebe, doch nicht ich«:* Brief des Paulus an die Galater 2,20.

S. 56 *»Ein schwarzer Strudel, dessen Maß noch fehlt:* »Am 1. September 1730, zwischen neun und zehn Uhr abends, öffnete sich die Erde bei Timanfaya, zwei Wegstunden von Yaiza entfernt. Ein gewaltiger Berg bildete sich bereits in der ersten Nacht, und Flammen schossen aus seinem Gipfel, die 19 Tage lang brannten. Wenige Tage später brach ein neuer Schlund auf, und der Lavastrom ergoß sich über Timanfaya... Am 28. Oktober fiel in der ganzen Region das Vieh tot um, erstickt von stinkendem Dunst. Vom 1. bis 20. November brachen unaufhörlich Rauch und Asche aus den Kratern hervor, und am 27. wälzte sich mit enormer Geschwindigkeit ein Lavastrom die Hänge hinunter ...« (Aufzeichnungen des damaligen Pfarrers von Yaiza Don Andrés Lorenzo Curbelo).

S. 62 *»Bin ich es, der ich bin?«:* Exodus 2,14.

S. 66 *»Aus Wellen Sand, aus schwarzem Sand im Dunkel«:* Johannesevangelium 1,1-5.

S. 86 *»nichts, wohin ich mein Haupt legen könnte«:* Matthäusevangelium 8,20.

Inhalt

I Jahrein 7
Vorfrühling 9
Ich hab geschlafen, ich war wach 10
In mich hinein sieht eine klare Nacht 11
Vögel diese Vögel, ohne Halten 12

II Aufkommender Atem. 13
Und was ich glaube, ist ganz unverstanden 15
Dort liegen meine Hände auf der Bank 16
Du sprichst noch, Wasser, sprichst noch 17
So unbefestigt sind die vielen Zeichen 18
Zuletzt im Frost, da sind die Blätter klar 19
Hier bei den Kerzen denk ich diesen Stillstand 20
Wie ein Papier im Licht, das ohne Zeichen 21
Die losen Fäden, die sich um mich legen 22
Umgefallen, auf der Seite kriechend 23
Das Blasse mein ich, das im Licht verschwindet . . . 24
Als schliefen Steine aus von ihrem Lauschen 25
Die Bäume stehen dicht und ausgehungert 26
Die Birken warten noch, bereiten sich 27
Zu ungewisser, zu der neunten Stunde 28
Ich folge Lichtern, tröstliches Abteil 29
Die stete Stimme, die die Tage zählt 30
»Ich lebe, doch nicht ich«, es geht ein Atem 31

Wer mochte fortfahrn, wer das abgebrannte 32
Was alles noch vergaß ich? Daß die Krähen 33
Verwoben, seltsam ineinander, Hauch 34
Relief in einer Bruchsteinwand, ein Kiefer 35
Und Heimat? Laß die Kabelrollen liegen! 36
Das Erdreich, unverändert seit November 37
Was ist verflogen? Ich erkenn nichts wieder 38
Die Füchse liefen lange in die Stadt 39
Du bist mein Schlaf und meine späte Stunde 40
Ganz plötzlich Schnee, ein Marmorepigraph 41
Jetzt sei es an der Zeit, was vor mir liegt 42
Sie schläft, ihr Köpfchen hat noch keine Dauer 43
Woraus erfährt man denn die Herkunft? Schrift . . . 44
Die Höfe dunkeln mit den Atemzügen 45
Den Tag durchziehen unbekannte Fährten 46
Die Katzen haschen nach dem Ahornblatt 47
Der Tag ist still und wartet auf dein Kommen 48
Die Fledermäuse überm Wald durchstoßen 49
Die Wolken schieben sich heran wie Gletscher 50
Doch, daß der Augenschein nicht stimmt, daß jeder . 51
Sie atmet leise, kleiner Kehlkopf zuckt 52
Wir warten, dämmern, sind fast taub: Der Wind . . . 53
Der schwarze Sand verrinnt. Die schwarzen Burgen 54
Die Hirten hüten Schatten, hüten Spuren 55
Ein schwarzer Strudel, dessen Maß noch fehlt 56
Wenn auf Asphalt der Nieselregen dampft 57
Nur wie ein Schaumkranz zwischen Möwenkrallen 58

Ein heißer Atem kommt von Süden, dringt 59
Das Flugzeug atmet über blauen Decken 60
Die Katze strauchelt, fällt? Ein langer Abend 61
Nun ist es Zeit. Am Morgen das Gefühl 62
Woran soll ich mich halten in der Fülle 63
Es folgen Krähen meinen schnellen Tagen 64
Die Bänke bilden einen Korridor 65
Aus Wellen Sand, aus schwarzem Sand im Dunkel . 66
Jetzt, angesichts des Eisens auf der Hand 67
Mich schlägt in diese Zeit ein kurzer Ton 68
Gott sei in mir? Ein reines, leeres Feld 69
Du bist die Aussicht und du bist das Auge 70
Die Walnuß lag auf einem Balken Holz 71
Ich sammle Spuren, über weite Strecken 72
Der Nußbaum, draußen, ist erinnert, Nebel 73
Die Stare fliegen nicht mehr in den Süden 74
Du bist der Wald, der Tiefdruckhimmel, tropfst . . . 75
Es ist jetzt alles weit und zittert, Mund 76
Was hieß am Abend Angekommensein? 77
Geburt des Dunkels, wie ein Mottenkind 78

III Trost (Moments musicaux) 79
1 - 12 81

Anmerkungen 95

Ein heißer Atem kommt von Süden, dringt 59
Das Flugzeug atmet über blauen Decken 60
Die Katze strauchelt, fällt? Ein langer Abend 61
Nun ist es Zeit. Am Morgen das Gefühl 62
Woran soll ich mich halten in der Fülle 63
Es folgen Krähen meinen schnellen Tagen 64
Die Bänke bilden einen Korridor 65
Aus Wellen Sand, aus schwarzem Sand im Dunkel . 66
Jetzt, angesichts des Eisens auf der Hand 67
Mich schlägt in diese Zeit ein kurzer Ton 68
Gott sei in mir? Ein reines, leeres Feld 69
Du bist die Aussicht und du bist das Auge 70
Die Walnuß lag auf einem Balken Holz 71
Ich sammle Spuren, über weite Strecken 72
Der Nußbaum, draußen, ist erinnert, Nebel 73
Die Stare fliegen nicht mehr in den Süden 74
Du bist der Wald, der Tiefdruckhimmel, tropfst . . . 75
Es ist jetzt alles weit und zittert, Mund 76
Was hieß am Abend Angekommensein? 77
Geburt des Dunkels, wie ein Mottenkind 78

III Trost (Moments musicaux) 79
1 - 12 81

Anmerkungen 95